NÉ 241

ISBN : 978-2-37806-365-8
© GNK Éditions Gabon, Libreville, novembre 2022
Tel : (+241) 066600380 / 077853540
BP : 1645, Libreville-Gabon

Efry T. Mudumumbula

NÉ 241

(Théâtre)

GNK
Editions
Gabon

Du même auteur

- *Mimbi et le monde* (roman), Paris, Éditions Édilivre, 2016.
- *le chemin qui mène vers…* (roman), Paris, Éditions Édilivre, 2018.
- *Chronique d'un Dieu oublié* (nouvelles), Abidjan, Éditions Gnk, 2020.
- *''Le dernier forfait de Dolè''* in *Ce que le chien a vu à Nzeng Ayong* (nouvelle/Collectif UDEG), Libreville, Éditions Udeg, 2020.
- *Brasier de vers* (poésie/ CODAAF) Libreville, Éditions Gnk Gabon, 2020.
- *Bien conjuguer* (essai), Libreville, Éditions Gnk Gabon, 2021.
- *Mémoire épluchée* (nouvelle), Libreville, Éditions Gnk Gabon, 2021.
- *Les vers de la vie* (poésie/ Fath Kumbe Manduku), Libreville, Éditions Gnk Gabon, 2021.
- *L'appât-science* (théâtre), Libreville, Éditions Gnk Gabon, 2021.
- *Ghélongo ou le remède* (roman/Okoumba-Nkoghe), Libreville, Éditions Gnk Gabon, 2021.
- *Tous ces ans foirés* (théâtre), Libreville, Éditions Gnk Gabon, 2021.
- *Mes passions brûlantes* (poésie/Princesse Loango), Libreville, Éditions Gnk Gabon, 2021.

- *Nos vers en vert* (poésie/CODAAF), Libreville, Éditions Gnk Gabon, 2021.
- *La révolte des Casses-Rôles* (poésie/CODAAF), Libreville, Éditions Gnk Gabon, 2021.
- *À 2mainS* (poésie/avec Débora Kouame), Libreville, Éditions Gnk Gabon, 2021.
- *Sous la corne d'amour* (poésie), Libreville, Éditions Gnk Gabon, 2021.
- *La vétité se di ten blaguant* (poésie), Libreville, Éditions Gnk Gabon, 2021.
- *Délivré de ma cachette !* (poésie), Libreville, Éditions Gnk Gabon, 2021.
- *Les vérités silencieuses* (roman), Libreville, Éditions Gnk Gabon, 2021.

Illustration : Patrick Yvon Louembet Mavoungou
(MYLP)
Facebook : Patrick Louembet / (+241) 077 003 125
Nom : Eningo (le déluge)
Matière : Acrylique et gouache sur contrecollé
Poids/Dimension : 80 x 60 cm
Mail : mylpcreation@gmail.com

Personnaages :

- Ndungu : le Messager.
- Ghébala : l'Élu.

Le monde, dans sa grande quête perpétuelle de bien-être a provoqué plusieurs guerres. Les deux Grandes Guerres Mondiales en sont des preuves irréfutables. Par le niveau inconcevable de violences et de destructions, ces catastrophes ont entraîné non seulement la psychose, mais également un traumatisme physique, moral et spirituel dont le monde entier ne sait toujours jamais remis.

Les souvenirs de ces évènements cruels sont là, chaque jour toujours bien présents tel l'orgueil poussé d'une mauvaise herbe en saison pluvieuse.

Alors, sachant la troisième guerre plus dévastatrice et démoniaques que les précédentes, puisque plusieurs nations ayant déjà les mêmes techniques de frappe pour ce qui est des armes, il (le monde) va recourir à d'autres possibilités pour contrôler les humains.

Dans cette folie, la course à l'armement fera place à celle des pouvoirs pour exister et mieux dominer l'humain et le monde en entier…

(Ghébala et Ndungu)

Clap...
Flash et lumière intense...

Ghébala, subitement, apparaît couché sur un banc au-dessus d'un monde qu'il semble ne plus reconnaître. À ses côtés, un homme âgé, debout, très calme et tenant un bâton à la main. Lui...

Ghébala :

(Regard dispersé, l'air perdu... Voix tremblotante.)

Où, où, où, où suis-je ? Où, où sommes-nous ? Répondez-moi, s'il vous plaît ! Dites-moi quelque chose, voyons !

Ndungu :

(Tout souriant...)

Bienvenu dans ta tête, mon très cher enfant.

Ghébala :

(Plus que désorienté...)

Dans ma tête ! Comment ça, dans ma tête ? Je délire ou quoi ?

Ndungu :

(Rire sarcastique.)

Oui, dans ta tête.

Ghébala :

Si nous sommes vraiment dans ma tête, alors que faites-vous dedans et qui êtes-vous vieillard ?

Ndungu :

(Plus sérieux désormais.)

Je suis le toi précédent et tu es le moi présent. Je suis l'étoile filante qui décline du ciel et toi, l'étoile polaire, celle qui la nuit, guide les pas du chasseur et de l'homme égaré. En simple, je suis toi et tu es moi.

Je suis ici pour te guider dans la longue marche qui est désormais la tienne. Je suis ton flash. Je suis ta lampe. Je suis ta lumière dans les ténèbres. Je suis ta pluie pendant la sécheresse. Je suis la source qui étanche ta soif dans le désert. Je suis l'eau génératrice, le médicament de la vie. Je suis l'arbre géant dans la forêt. Je suis le phare de ton navire voguant dans les profondeurs du néant. Je suis Ndungu : le messager.

Ghébala :

(Éclat de rire…)

Que je suis idiot, je rêve. C'est drôle, comme certains rêves peuvent paraître réels.

Énervé, Ndungu tape sa canne et referme le monde en dessous d'eux…

Ndungu :

Pauvre fou ! Tu n'es pas encore prêt. Cette fois, j'accepte que tu m'appelles quand tu seras totalement remis de cette folie. Sinon, je ne reviendrais qu'après mette préalablement rassuré que tu le sois vraiment.

Il tape à nouveau et une porte apparaît, ouvrant sur un monde merveilleux. On pouvait, par cette fente, voir un monde de bonheur et lire la paix et la tranquillité chez les êtres en présence…

Ghébala :

(Plus sérieux qu'avant…)

Attendez, s'il vous plaît ! Je vous supplie de me pardonner.
(À genou.)

Excusez-moi…

Ndungu :

(Il revient vers lui en l'aidant à se rasseoir.)
Notre temps ensemble est compté. Plus de questions et de comportements idiots. Il faut maintenant aller à l'essentiel.

Ghébala :

Entendu.

De son bâton, il referme la porte et la fait disparaître. Puis, ouvre le monde d'en bas sur un autre coup. Mais, celui-ci est tout noir.

Ndungu :

(Visage déridé et tout souriant…)
Bon ! Allons-y !

Ghébala :

Bien.

Clap...
Flash et lumière intense...

Le monde en dessous s'éclaircit et des gens apparaissent.

Ghébala :

(Étonné, il cherche à comprendre. Il pointe du doigt...)

Qui est-ce ? Qui est ce jeune homme qui est dans des conditions aussi pitoyables ? Quelle tristesse. Quel triste sort.

Ndungu :

Regarde bien, il ne te rappelle pas quelqu'un ? Regarde, et vois mieux !

Il ouvre mieux les yeux, les traits de l'enfant prennent plus d'épaisseur. Il est heureux de découvrir, de se découvrir. Le sourire émaille ses lèvres. On peut lire à la fois, bonheur et étonnement. Les yeux du jeune homme s'enflent, il ressent de l'énergie en lui. Le vieil homme est si heureux de ce qu'il voit. Il contemple et attend les questions.

Ghébala :

Mais, c'est moi en bas.

Ndungu :

Exactement.

Ghébala :

(Vers le vieillard.)
Mais, qu'est-ce que je fais là ?

Ndungu :

Tu es chez toi.

Ghébala :

Chez moi, comment ça chez moi ?

Ndungu :

Oui, tu es vraiment chez toi. Regarde bien cette maison. Te rappelles-tu d'elle ?

Ghébala :

(Il la regarde attentivement et la reconnait.)
Oui, je la reconnais. C'est la maison dans laquelle j'ai grandi.

Que s'est-il passé là-bas ? Cet endroit est de part et d'autre détruit. C'est une ruine.

Ndungu :

C'est le pouvoir qui l'a détruit en faisant tout sauter afin de t'enterrer avec les décombres. Le pouvoir, en action, de la destruction simplement.

Ghébala :

(Surpris.)
Moi ? Qui suis-je pour faire peur aux décideurs au point de mettre en place une telle action de pillage et de destruction massive ?

Ndungu :

Regarde cette même maison, tout en haut à droite, que vois-tu ?

Ghébala :

Je vois un numéro.

Ndungu :

Lis-le !

Ghébala :

Je vois écris : N-241.

Ndungu :

Qu'est-ce que cela signifie pour toi ? Quel

niveau d'importance a-t-il à tes yeux ?

Ghébala :

Selon moi, cela n'a rien de valeureux. Sinon, c'est juste le numéro de la maison, comme partout ailleurs je suppose.

Ndungu :

Tu te trompes… Dans votre quartier, il n'y a pas de numéro sur les portes. La vôtre est la seule maison qui en a.

Ghébala :

C'est impossible.

Ndungu :

Vérifie alors par toi-même.

Ses yeux se baladent partout et ne trouvent aucune autre maison ayant un numéro…

Ghébala :

(Etonné…)
Non !

Ndungu :

Eh bien si.

Ghébala :

(Etonné…)

Mais, qui sont ces deux personnes étalées sur le ventre devant la porte de la maison ? Pourquoi je joue seul dans ces saletés ? Et pourquoi, me semble-t-il, je suis le seul survivant de ce qui s'avère être une catastrophe ?

Ndungu :

Vivre, c'est accepter de mourir. Vivre, c'est mourir pour ceux qu'on aime. Ces corps, sont ceux de tes parents. Ils ont sacrifié leurs vies pour que tu puisses vivre.

Tu es l'élu et tes parents le savaient. Le numéro sur la porte est un code. *N-241* est ton nom. *N* pour dire *Né* et *241* est le nombre d'années qui suit les deux siècles.

En effet, chaque 500 ans, un enfant naît. Il arrive avec des aptitudes dont les autres n'ont pas et ne pourront avoir. Il est appelé l'élu. Alors, ceux qui dirigent le monde, ne voulant se faire détrôner, font tout pour retrouver l'élu afin de profiter de lui jusqu'à un certain âge, puis le tuent quand ils se sentent déjà menacés par ce dernier.

Ghébala :

Comment serais-je l'élu si je ne suis pas né dans la moitié du siècle ? Et puis, je ne m'appelle pas Né 241, mon nom est Ghébala tout de même.

Ndungu :

J'y arrivais. Toi, je t'avais déjà préparé à la succession dans le monde de là-haut. Tu n'avais donc pas eu de difficultés à descendre afin de te familiariser plus tôt avec ce nouveau monde. Ainsi, pendant qu'on t'attendrait en 2 500, tu auras déjà construit ta vie dans le monde d'en bas et dans celui d'en haut. Nous avons également voulu les surprendre et changer complètement le cycle afin de donner plus de chances aux élus. On a 500 ans de vie dans le monde d'en bas.

Cependant, même étant en bas, le Tout Puissant nous permet de faire des va-et-vient dans les deux mondes à condition de maîtriser les pouvoirs. Je répète, tu es un élu et tu t'appelles Né 241. C'est toi-même qui l'as choisi comme nom et cela, devant le Tout Puissant en personne. D'ailleurs, tu es la seule personne depuis toujours à qui l'on a demandé de le faire. Tu peux t'estimer heureux.

Pour tous, tu es l'élu des élus. Alors, prends désormais garde à toi. Plus tu grandis, plus je perds mes forces ici sur terre.

Ghébala signifie : la lumière du soleil. C'est comme l'autre nom : N-241, un code. Sinon, un mot de passe qui ouvrira des espaces invisibles aux yeux des humains. Tu le sauras au moment opportun. Sache juste que tu ne t'appelles plus Ghébala, mais Né 241. Revêts ton homme pour le combat avenir !

Ghébala :

Et pourquoi, je n'ai aucun souvenir du monde d'en haut ?

Ndungu :

Quand on descend, on perd tous les souvenirs. Ce n'est qu'après un long moment qu'on nous les restitue. Le signe est le moment que nos pouvoirs se révèlent au monde.

Ghébala :

Et pourquoi si tard seulement ?

Ndungu :

En venant sur terre, l'élu se doit de comprendre

sa période et sa génération. Il a le devoir de la maîtriser, et bien plus encore, de ne faire qu'un avec elle. Il est important qu'il ne soit que du côté du bien pour pleinement profiter de ça. Sinon, il ne recevra qu'une partie des pouvoirs qui lui sont dus.

Ghébala :

N'avez-vous pas de contrôle sur lui ?

Ndungu :

Malheureusement, non. Lorsqu'il devient humain, il peut devenir sujet du mal. La société ainsi, aura eu raison de lui.

Ghébala :

Je vois. Depuis là, vous ne parlez que de pouvoirs. Qu'est-ce que c'est, lesdits pouvoirs ? C'est quoi réellement ?

Ndungu :

Le pouvoir est une entité présente chez certaines humains et pas chez d'autres qui vous donne un incontestable avantage sur les autres…

Ghébala :

(Perdu…)

Je ne comprends pas.

Ndungu :

Comment comprendre si tu ne veux pas tout écouter ?

Ghébala :

C'est vrai, je m'en excuse…

Ndungu :

Bien ! Alors, très peu de personnes naissent avec des pouvoirs. Là encore, bien que naissant avec ou héritier qu'importe, il faut les développer. C'est en quelque sorte les nourrir. Sinon, ils sont présents, mais inactifs et inopérants.

Ghébala :

Ce n'est toujours pas clair. Dans ma tête, le floue y est…

Ndungu :

Je vois.

Clap…
Flash et lumière intense…

Ghébala :

(Coude droit aux yeux.)

C'est quoi cette lumière aveuglante ?

Ndungu :

(Tout souriant…)

Cette lumière est le signal du changement de séquence temporelle. C'est le cordon ombilical qui lit le monde dans lequel tu es et celui intemporel dans lequel je suis.

N'aie pas peur, elle n'a aucun impact négatif sur ta vue, tu es immunisé contre. Ouvre grand les yeux en revanche.

Ghébala :

(Très heureux.)

D'accord…

Ndungu :

(Du doigt…)

Regarde, une fois encore, bien la maison.

Ghébala :

Mais, c'est celle de tout à l'heure !

Ndungu :

(Toujours souriant.)
Regarde dans la chambre n° 2, que vois-tu ?

Ghébala :

(Il écrase les yeux un moment…)
Je vois un épais nuage. Que dois-je faire ?

Ndungu :

Traverse-le.

Ghébala :

Comment je fais ça ?

Ndungu :

Avec le regard. Tes yeux sont plus puissants que ceux d'un dragon. Cela ne dépend que de toi et de ta volonté.

Ghébala :

(Yeux bien écarquillés.)
Ah oui !

Ndungu :

Eh bien, oui ! Allez ! Regarde ! Pas de temps à perdre. On n'en a plus assez… Allez ! Vas-y !

Ghébala :

(*Heureux…*)

Ça y est, je vois.

Ndungu :

Que vois-tu ?

Ghébala :

Je vois papa et maman en train de parler. Et moi, devant la porte, je cherche à écouter ce qu'ils se disent.

Ndungu :

(*Joyeux.*)

Très bien. Mais, dirige maintenant ton regard uniquement sur tes parents. Que vois-tu ?

Ghébala :

(*Etonné.*)

Il y a une espèce de monstre derrière chacun de mes parents.

Ndungu :

Bien ! Ce que tu appelles espèce de monstre se nomment des pouvoirs. Et chacun de tes parents n'en a reçu à la naissance qu'un seul pouvoir de tout ce qui existe.

Ton père, lui a eu celui de la protection et ta mère, celui du sacrifice. Quand les deux se sont mis ensemble, nous avons vu en cette union, une occasion unique, dans le demi-siècle, pour ta naissance.

C'est ainsi, qu'ils ont sacrifié leur vie pour te sauver de l'explosion. Leurs pouvoirs se sont transformés en bouclier magique tout autour de toi. Ce n'est possible que l'lorsqu'on aime quelqu'un d'un amour puissant et pur.

En parlant, il voit la scène sous ses pieds...

Pour ce qui est de naître dans cette famille, tu as d'ailleurs été le premier à être animé d'une exaltation joyeuse et d'un vif intérêt.

Ghébala :

(Surpris...)

Sincèrement ?

Ndungu :

C'est moi qui te le dis. Le sachant, tes parents ont alors chacun perfection son pouvoir en lui donnant plus de pourcentages, plus de puissances. Évidemment, j'y ai enormement participé. Je ne pouvais pas te laisser comme ça. Et puis, le Très Haut m'y avait lui-même imposé ta garde spirituelle.

Ghébala :

(Un peu égaré, voix questionneuse…)
Dans ça aussi, il y a des pourcentages ?

Ndungu :

Oui, il y en a. Comme je te le disais, le pouvoir se nourrit pour qu'il gagne en puissance.

Ghébala :

Et que nous apporte cette puissance ?

Ndungu :

Elle ouvre des portes de la vie d'en bas. Avec des pouvoirs puissants, on devient un homme fort et puissant. On ne passe pas inaperçu devant ceux qui ont des yeux grandements ouverts. Plus visible on est, plus dangereusement on vit. Plus visible on est, plus attirant on devient. Dans la mire, on demeure.

On dort le visage sous les projecteurs comme à la merci des plombs.

Ghébala :

Pourquoi ?

Ndungu :

Chaque pouvoir a son utilité dans la vie d'en bas. Et les hommes les plus forts de cet endroit les convoitent.

Ghébala :

(Pensif...)

Peut-on arracher un pouvoir à quelqu'un ?

Ndungu :

Non, on ne le peut. Cependant, on peut le partager. Et c'est bien là le problème.

Ghébala :

(Etonné...)

Ça alors !

Ndungu :

Un pouvoir, ça se distribue. Et nous, nous avons même la possibilité de les cacher ou même de voiler le véritable pourcentage.

Ghébala :

(Joyeux.)

Et comment, cela se passe-t-il, le partage ? et pour ce qui est de voiler le pourcentage et autre ?

Clap...
Flash et lumière intense...

Ndungu :

Tu plies simplement le poing que tu colles à celui de ton voisin. Celui qui donne dit : *partage de tel pourcentage du pouvoir tel* et celui qui reçoit dit simplement : *réception*. Le pourcentage en question quittera en copie le donateur pour le récepteur. Il faut comprendre que, toi qui donnes, ton pourcentage ne diminue pas. Seulement, ton pouvoir se fatigue.

Le voilage et autres, tu les as déjà développés.

Ghébala :

(*Tout excité...*)

Combien de sortes de pouvoirs existe-t-il dans le monde ?

Ndungu :

Il y en a dix-huit.

Ghébala :

Un humain, peut-il les avoir tous ?

Ndungu :

Un humain, non. Un être céleste, oui.

Ghébala :

Et moi ?

Ndungu :

Tu es l'élu. Tous les pouvoirs te sont donnés à la naissance.
(Un peu sceptique…)
Enfin…
C'est simplement, à celui qui les détient de les réveiller.

Clap...
Flash et lumière intense...

Ghébala :

Qui est cet enfant dans les bras de l'homme ? C'est quoi cette forêt ? Et qui sont ces êtres mi-homme mi-animal avec un regard transperçant ?

Ndungu :

(Éclat de rire.)

Cet enfant, c'est toi. Celui qui tient l'enfant, c'est moi. Cette forêt est la zone de purification des nouveau-nés *Nés*. Et ces êtres tout autour, sont des Célestes. Je te présentais à eux afin que chacun puisse, selon le rituel, t'accorder sa bénédiction.

Compte-les, combien sont-ils ?

Ghébala :

Je compte dix-huit personnes autour de nous.

Ndungu :

Bien ! Chaque être autour de nous détient un pouvoir. Lequel est transmis au nouveau *Né* selon l'inspiration et le sentiment que seuls ces êtres magiques savent.

Ghébala :

Je comprends. Dites-moi, est-ce que chaque pouvoir a un nom spécifique ?

Ndungu :

Évidemment. Il y a : la célébrité, le bonheur, la prospérité, la protection, le sacrifice, l'amour, le pardon, la destruction, le destin, le sourire, la paix, la guerre, l'arme chimique, la douleur, la pensée et la vision, la longévité, la force et la puissance.

Il y a dans cette liste, beaucoup de pouvoirs qui dépendent les uns des autres.

Ghébala :

Et comment faire pour nourrir les pouvoirs ?

Ndungu :

Il faut simplement faire ce à quoi le pouvoir renvoie. Je répète, tout le monde ne naît pas avec les pouvoirs. Les uns naissent avec, mais endormis ; les autres naissent avec certains activés, mais cachés comme toi. Il y en a aussi qui ne naissent avec aucun pouvoir. Ceux-là sont ceux qui sont fabriqués par des faux célestes afin de servir la mauvaise cause.

Je te mets en garde, ne jamais partager certains

pouvoirs. Jusqu'ici, j'ai réussi à les cacher pour toi. Maintenant que tu sais, je n'ai plus accès à eux. C'est à toi de les gérer à présent.

Ghébala :

Combien de pouvoirs, j'ai déjà développé ?

Ndungu :

Tu es à ton quinzième pouvoir. Et tu l'as reçu il y a juste quelques minutes.

Ghébala :

(Surpris...)
Ah bon ! Lequel ?

Ndungu :

Pensée et vision. Il te permet aussi de percer les mystères de la vue. À ton âge, j'étais juste à mon dixième. Mon maître ne voulait pas tout me montrer. Il n'avait pas encore saisi le véritable sens de la responsabilité et de la connaissance. Il n'avait pas bien compris les réalités du monde d'en bas. Il était trop faible à mon goût.

Cependant, moi, je t'ai tout appris, j'ai même fait des exceptions en mettant ma vie en danger pour ton apprentissage quotidien parce que, j'ai vite compris le monde dans lequel tu devras naître. Ensemble, on a anticipé et ça été salué… Bref, tu comprendras plus tard. Continuons l'apprentissage.

Ghébala :

Quels sont ceux que je n'ai pas encore ?

Ndungu :

Il te manque : la guerre, l'arme chimique et la destruction. Ce sont les trois armes que pour rien au monde, tu ne dois présenter. Il faut toujours les voiler.

Ghébala :

Je prends bien note…

Ndungu :

D'accord…

Clap...
Flash et lumière intense...

Ghébala :

Où suis-je ? C'est quoi cette rivière ?

Ndungu :

Tu es dans la deuxième phase du purgatoire. Après la forêt, l'élu passe par ici pour renforcer les pouvoirs : force et puissance.

Tu as reconnu le jeune à la rive, c'est bien. Lave-toi le visage ?

Ghébala :

Mais, comment je fais ça ?

Ndungu :

Pense juste et il le fera.

Il concentre sa pensée et le jeune homme devant la rivière s'exécute.

Ghébala :

(Surpris mais heureux.)
Waouh ! C'est génial ça !

Ndungu :

C'est toujours le pouvoir de la pensée et de la vision qui réagit. Maintenant, que vois-tu tout au fond de l'eau ?
(Il pointe du doigt...)

Ghébala :

Je vois des poissons tout lisses et sans écailles. Des anguilles, je crois.

Ndungu :

L'anguille représente la colonne vertébrale de l'homme sur laquelle des côtes viennent s'agripper. C'est la vie en son milieu, la division parfaite, la pureté dans son absolu. Allez ! Tu peux plonger, je t'y autorise.

Dès qu'il a pensé, le jeune homme debout sur la rive a plongé...

Ndungu :

Touche l'eau et dis-moi ce que tu en penses !

Né, comme téléguidé tend les mains, se penche un peu et récolte, des deux mains, de l'eau de la rivière qui vient s'échouer sur son

visage.

Ghébala :

(Etonné…)

Cette eau n'a aucun poids. On ne la ressent même pas. Et pire, elle ne mouille pas.

Ndungu :

Exactement… C'est là, la source même de la vie.

Ghébala :

(Enthousiasmé…)

C'est simplement magnifique.

Ndungu:

Cette eau est l'âme de l'élu. C'est la base qui constitue : l'âme et l'esprit et qui donne vie à son corps immobile. On continue…

Ghébala :

Attendez ! Il y a une fille l'autre côté de la rive, cachée derrière le bois.
(Il pointe du doigt…)
Regardez juste là-bas !

Ndungu :

Très bonne vision. Elle s'appelle Sophiana. Elle n'est pas encore importante pour le moment. Retiens simplement le prénom Sophiana.

Clap...
Flash et lumière intense...

Ghébala :

Où sommes-nous ici ?

Ndungu :

On est dans Bibogho Bogho, la ville qui t'a accueilli après la destruction de Bumbango.

Ghébala :

Qu'est-ce que je fais avec du papier sur la table ?

Ndungu :

Tu es en train de monter un projet afin de lancer ton pouvoir de célébrité.

Ghébala :

Et, c'est quoi ce projet ?

Ndungu :

Une émission, mieux, un jeu à la télévision de la nièce de votre président. Là, le projet étant prêt, tu le lui donnes en lui expliquant les contours de ladite émission.

Convaincue et en quête de célébrité, elle voit en

toi le moyen d'y arriver. Ton émission pourra lui en donner. Et par la même occasion en mettre plein la vue à ses détracteurs si jamais tu réussissais.

Ghébala :

Mais, où va-t-elle avec le projet ?

Ndungu :

Elle va le soumettre à son oncle. Regarde son pourcentage de célébrité. Mieux, regarde le nombre de pouvoirs qu'elle a.

Ghébala :

Elle n'a que trois pouvoirs. Elle a le pouvoir de célébrité à 60 %, la prospérité 50 % et la longévité 37 %.

Ndungu :

Exactement. Alors, ton projet est son jackpot.

Ghébala :

(Main au menton…)
Je vois.
Mais, elle entre par la porte de sortie. Ne sait-elle pas lire ?

Ndungu :

(Éclat de rire.)

Elle le sait très bien. Elle a même l'autorisation de son oncle de passer par là-bas. La raison est bien simple : pour avoir accès au bureau de votre président passant par l'entrée, il faut avoir six pouvoirs au minimum. Le plus important est celui de la célébrité, chargé à minimum 70 %. Chaque porte rejette un pouvoir et il y en a cinq. En ordre, on a : la célébrité, le bonheur, la prospérité, la protection et la longévité.

Maintenant si tu as d'autres pouvoirs avec toi, on te fera passer par la porte-VIP. Tu peux imaginer le genre de sujets discutés là-bas.

Ghébala :

Sans nul doute.

La voici, elle ressort. Par son sourire, on peut clairement imaginer la réponse.

Ndungu :

Bien vu. Il ne nous reste plus que trente minutes ensemble. Continuons rapidement…

Ghébala :

D'accord. J'imagine que c'est avec moi qu'elle

parlait puisque peu de temps après, nous nous sommes rencontrés.

Ndungu :

Oui. Et là, tu signes le contrat avec sa chaîne. Lis à haute voix le contrat s'il te plaît. Le dernier paragraphe.

Ghébala :

Après signature du présent contrat, monsieur Ghébala accepte de présenter trois fois son émission (jeu) à Buzz TV.

Buzz TV s'engage à faire passer son émission six fois dans la semaine soit : trois passages en direct (lundi, mercredi et jeudi dès 18 h) et trois passages en rediffusions (vendredi à 18 h, samedi et dimanche à 10 h).

Buzz TV s'engage également à faire de cette émission, la plus visible dans tout le pays.

NB : Tous les bénéfices de ladite émission iront dans un compte géré par l'animateur seul. Chaque mois, il reversera quarante-quatre milliards à Buzz TV pour intérêt.

(Très surpris par les termes du contrat.)

Quoi ! C'est quoi cette affaire ? Ça sent l'arnaque et le sacrifice en plein nez. Quarante-quatre milliards le mois ? Ne me dites pas que moi, j'ai signé cette arnaque qui sent en plein nez. Je n'ai pas osé être bête à ce point ?

Ndungu :

Eh bien, si.

Ghébala :

(Désorienté…)
Mais non !

Ndungu :

(Serein…)

Je te dis que si. D'ailleurs, laisse-moi te dire que c'était un bon coup pour relancer ta popularité. Avant ça, tu aidais les gens par-ci et par-là. C'est vrai que, cela te rendait célèbre, mais pas au même titre que cette émission. Les gens dans ce pays des morts vivants manquaient d'utilité.

Alors, ce jeu leur donnait chaque semaine, un petit moment de détente. Plusieurs de ces personnes sont même allées jusqu'à réfléchir désormais pour passer à l'émission un jour. Tu as changé positivement la vie de plusieurs personnes, tu sais.

Ghébala :

Et, c'était quoi le nom du jeu ?

Ndungu :

Le quIzz. Il s'appelait Le quIzz.

Ghébala :

Et qu'est-ce qui s'est passé au lancement du jeu ?

Ndungu :

Ça fait un carton. Premier mois, tu avais largement obtenu les quarante-quatre milliards.

Ghébala :

(*Tout surpris.*)
Sincèrement ?

Ndungu :

Oui, sincèrement. Ton compte était garni de soixante-neuf milliards. Du jamais vu dans ce pays.

En fait, s'ils ont mis la barre haute, c'était pour te sacrifier au cas où tu accepterais et ne respecterais pas les clauses du contrat. Ils ont été hyèrement surpris d'être surpris.

Ghébala :

(Surpris...)
Eh bien, ça alors !

Ndungu :

La semaine qui suivait le mois, votre président a voulu te rencontrer en personne afin de te féliciter pour cet exploit. Tu venais de donner un bol d'air à sa nièce.

Ghébala :

Oui ! Un sacré coup. J'ai vraiment eu un coup de bol.

Ndungu :

Je ne crois pas à un heureux hasard. Tu ne comprends pas que l'élu est différent des autres ?

Ghébala :

Désolé, j'avais oublié. Qu'est-ce qui s'est passé ensuite ?

Clap...
Flash et lumière intense...

Ndungu :

On est au jour du rendez-vous. On te conduit par la porte d'entrée. Tes pouvoirs sont cachés et certains sont remplis à moitié pour ne pas éveiller des soupçons.

Ghébala :

Je viens de passer les fameuses portes. Il y a un homme qui me reçoit. Qui est-il ?

Ndungu :

C'est le ministre de l'Économie et du Budget.

Ghébala :

Mais, vous disiez que j'avais plutôt rendez-vous avec le président.

Ndungu :

Sans aucun conteste. Tu as rendez-vous avec lui. Seulement, pour arriver à lui, il faudra d'abord passer par deux personnes : son ministre en question et son directeur de cabinet.

Ghébala :

Mais dis donc ! C'est une façon à lui, bien particulière, de recevoir les gens.

Ndungu :

C'est comme qui dirait, un véritable business. Lorsque chacune des personnes te reçoit, tu laisses 10 % à 15 % du pouvoir de la célébrité. Et chez leur chef, c'est 30 % minimum. Ainsi, tu as 50 à 55 % de pouvoir transféré, de quoi te fatiguer pour plusieurs jours.

Ghébala :

Mais il est rusé cet homme. Juste pour te féliciter, il reçoit assez de temps.

Ndungu :

Mais, sois sans peur, on ne peut plus te vider. Avec ton niveau de maîtrise, tu as des bonus de pourcentages sur le taux normal.

Ghébala :

Je suis vraiment très heureux de l'entendre.

Clap...
Flash et lumière intense...

Ghébala :

Là, c'est quoi ?

Ndungu :

Tu fêtes tes cent quatre-vingts milliards du mois suivant.

Ghébala :

(Etonné...)
Cent quatre-vingts milliards. C'est dingue ! Donc, ce projet a eu du succès !

Ndungu :

Un succès de fou qui ne dit pas son nom. Partout dans le monde, Le quIzz s'est installé. Tu fais de tonnes de vues.

Ghébala :

Waouh ! C'est dément ça !

Ndungu :

Plusieurs chaînes et radios te veulent, elles te réclament même.

Partout ailleurs, les gens ne parlent que de ça. Évidemment, ton niveau de célébrité a dépassé les cent pourcents.

Ghébala :

Et si plusieurs pouvoirs dépassaient ce pourcentage, que se passerait-il ?

Ndungu :

Ce supplément de pourcentage va s'ajouter chez les autres tout en laissant une marge suffisante entre le taux normal, et le bonus en cas de transfert. La priorité se fait sur les pouvoirs encore inactifs. Donc, ce supplément les met en activité.

Ghébala :

Je comprends mieux pourquoi j'ai activé plus de pouvoirs que vous. Enfin, si je suis très bien le cheminement des choses.

Ndungu :

(Tout souriant...)

Je suis très heureux que tu le comprennes assez vite. Et si on allait au jeu ?

Ghébala :

D'accord. Je vous suis.

Clap…
Flash et lumière intense…

Ndungu :

Allez ! Dis-moi ce que tu entends.

Ghébala :

Il vient de terminer la présentation du jeu. Il passe maintenant à la phase des questions… Il y a six candidats dont deux seront éliminés au premier tour, et deux autres au second. Les deux derniers feront un duel dans lequel, le gagnant affrontera le Big, le Djim, l'Ivounda, le Djadji, le Répé, le Nkunkuma : le champion des champions…

Ndungu :

Continue de partager le jeu avec moi, s'il te plaît. Je veux t'entendre.

Ghébala :

Il dit que c'est un jeu à choix multiples. Là, c'est au joueur, le premier à *djiguer,* c'est-à-dire appuyer sur le bouton vert, de choisir la bonne réponse sinon, l'autre peut *djiguer* à son tour. En simple, le plus rapide donne la réponse.

Ndungu :

Je vois. Alors, dis-moi, jeune homme. Peux-tu nous y conduire ?

Ghébala :

Allons-y !

Ghébala :

D'accord. Je te suis.

Ghébala :

Nane. Ôkà. Très bien.

1/Propositions :

- ✓ *367 700 km²*
- ✓ *350 840 km²*
- ✓ *267 667 km²*

<u>*Question*</u> *:*

Il y a un pays en Afrique qu'on appelle le Gabon (que j'aime bien. On va même s'arrêter un instant sur lui), parmi les trois propositions suivantes, quelle est sa superficie ?

Réponse : 367 700 km².

- *Non.*

Réponse : 350 840 km².
- *Non.*

Réponse : 267 667 km².
- *Exact. C'est une évidence. Les autres t'ont bien débléer le chemin.*

2/Propositions :

- ✓ *Maire*
- ✓ *Député*
- ✓ *Sénateur*
- ✓ *1945*
- ✓ *1953*
- ✓ *1956*

<u>*Question*</u> *:*

C'est une question à deux volets. Quel poste occupait Léon Mba, celui qui après est devenu le premier président du Gabon et en quelle année ?

Réponse : En 1956, Léon Mba a été le premier maire élu.

- *Exact. Il faut dire que cette information est méconnue de plusieurs personnes dans le*

pays en question. Mais grand bravo. On continue.

3/Propositions :

- ✓ *Le manganèse*
- ✓ *L'uranium*
- ✓ *Le pétrole*

<u>**Question**</u> *:*
Que représente l'or noire au Gabon ?

Réponse : Le manganèse.
- *Non.*

Réponse : L'uranium.
- *Non.*

Réponse : Le pétrole.
- *Exact.*

4/Propositions :

- ✓ *Une actrice*
- ✓ *Une tricoteuse*
- ✓ *Une écrivaine*

- ✓ *Une danseuse*
- ✓ *Une comédienne*
- ✓ *Une commerçante*

<u>*Question*</u> :
Qui est Dja-Tsingue Nzigou ?

Réponse : Une danseuse.
- *Non.*

Réponse : Une comédienne.
- *Non.*

Réponse : Une commerçante.
- *Non.*

Réponse : Une tricoteuse.
- *Non.*

Réponse : Une écrivaine.
- *Exact.*

5/Propositions :

- ✓ *Chronique d'un Dieu oublié*
- ✓ *1964*

- ✓ *Yessi, le petit garçon au destin pas comme les autres*
- ✓ *La révolte des Casses-Rôles*
- ✓ *Elo, la fille du soleil*
- ✓ *Brasier de vers*
- ✓ *L'audace de vivre*
- ✓ *Nadia l'orphéline 1 & 2 - 2022*
- ✓ *Mê l'Ange -2022*
- ✓ *La danse de Pilar*
- ✓ *Nos vers en vert*

<u>**Question :**</u>

Quels livres, parmi ceux de cette liste, a-t-elle au moins participé (l'auteure susmentionnée)?

Réponse : L'audace de vivre et La danse de Pilar.

- *Non.*

Réponse : juste La danse de Pilar.

- *Non plus.*

Réponse : 1964.

- *Non.*

Réponse : Nous avons Yessi ; Brasier de vers ;

Nadia l'orphéline et enfin *Mê l'Ange.*

-    **Exact.**

6/Propositions :

- ✓ *1990*
- ✓ *1995*
- ✓ *2019*
- ✓ *2020*
- ✓ *2021*
- ✓ *2022*
- ✓ *2023*

<u>*Question*</u> *:*
En quelles années ceux-ci ont été publiés ?

Réponse : En ordre de publication, je dirais Yessi -2019 ; Brasier de vers - 2020 ; Nadia l'orphéline 1 & 2 – 2022 et enfin Mê l'Ange – 2022.

-    **C'est extraordinaire. Cela mérite des applaudissements.**

Tonnerre d'applaudissement…

-    **Vous me semblez un amoureux de la littérature de ce pays.**

- Exactement. C'est une littérature belle et forte, mais qui manque juste d'union ou de mutualisation. Il y a trop d'égos en présence dans cette sphère littéaire. Trop de « moi, je » à la place du « nous ».

Quand on regarde bien et de près ce champ culturel, on remarque que plusieurs auteurs le sont seulement grâce à leur pouvoir financier, leur reseau, etc.

Ils n'ont pas la véritable flamme qui anime le petit groupe des anciens, et le plus grand composé des nouvelles plumes. Le groupe présent entre les anciens et les nouveaux est entieèrement à part.

Pour revenir à cette auteure, elle fait de très belles sorties tant en solo, avec le collectif Codaaf qu'avec d'autres.

Et ici, dans la liste, toutes ses participations n'y sont d'ailleurs pas. Elle a plus de textes que ça.

- Exactement. Cette littérature manque de mutualisation malgré ses nombreuses plumes magnifiques. En espérant que cette nouvelle génération d'auteurs fasse la grande différence des précédentes. Encore bravo. Restons dans ce pays.

7/Propositions :

- ✓ *Franceville*
- ✓ *Makokou*
- ✓ *Port-Gentil*
- ✓ *Koula-Moutou*
- ✓ *Libreville*

<u>Question</u> :
Quelle est la capitale économique du Gabon ?

Réponse : Libreville.
- *Non.*

Réponse : Makokou.
- *Non.*

Réponse : Port-Gentil.
- *Exact.*

8/Propositions :

- ✓ *Monarchique*

- ✓ *Oligarchique*
- ✓ *Démocratique*
- ✓ *Royaume*

<u>*Question :*</u>

Sous quel régime est le Gabon ?

Réponse : Royaume.

- *Non.*

Réponse : Monarchique.

- *Non.*

Réponse : Démocratique.

- *Exact.*

- *Moi, je pensais que c'était un royaume au vu de tout ce qui s'y passe.*

- *Détrompez-vous !*

9/Propositions :

- ✓ *Les Démocrates*
- ✓ *Morena*
- ✓ *Le PDg*

✓ *Coalition de la Nouvelle République*
✓ *Union nationale*
✓ *Ajev*

<u>*Question*</u> :

Comment appelle-t-on le parti majoritaire au Gabon ?

Réponse : Ajev.
-   *Non.*

Réponse : Le PDg.
-   *Exact.*

10/Propositions :

✓ *François Mitterrand*
✓ *Charles de Gaulle*
✓ *Jack Chirac*

<u>*Question*</u> :

Quel est le nom du président français qui a permis à Léon Mba d'être président de la République Gabonaise ?

Réponse : Jack Chirac.

- *Non.*

Réponse : Charles de Gaulle.
- *Exact.*

11/Propositions :

- ✓ *Le blason de la république*
- ✓ *Le sceau de la république*
- ✓ *Le drapeau gabonais*
- ✓ *La Concorde*

<u>**Question**</u> *:*
Le symbole représentant une mère allaitant son enfant est ?

Réponse : Le blason de la république.
- *Non.*

Réponse : La Concorde.
- *Non.*

Réponse : Le sceau de la république.
- *Exact.*

12/Propositions :

- ✓ *9*
- ✓ *8*
- ✓ *6*
- ✓ *12*
- ✓ *19*

Lieux :

- ✓ *Congo*
- ✓ *Bangui*
- ✓ *Douala*
- ✓ *Libreville*
- ✓ *Côte d'Ivoire*

<u>*Question*</u> *:*

La CEMAC compte combien d'Etats et où se trouve son siège ?

Réponse : 9 États et à Libreville.

- *Non.*

Réponse : 12 États et en Côte d'Ivoire.

- *Non.*

Réponse : 6 États et le siège est à Douala.

- Exact.

13/Propositions :

- ✓ **Mba Abessolo**
- ✓ **Aba'a Minko**
- ✓ **André Mba Obame**
- ✓ **Pierre Mamboundou**
- ✓ **Jean Ping**

<u>Question</u> :

Quel est le nom de l'opposant qui a causé des émeutes durant l'élection de 1993 au Gabon ?

Réponse : Jean Ping.

- Non.

Réponse : André Mba Obame.

- Non.

Réponse : Aba'a Minko.

- Non.

Réponse : Mba Abessolo.

- Exact.

14/Propositions :

- ✓ *Présidente du Sénat*
- ✓ *Présidente de la Cour Constitution-nelle*
- ✓ *Ministre de l'Égalité des Chances*
- ✓ *Ministre des Affaires étrangères*
- ✓ *Vice-présidente*

<u>*Question*</u> *:*

Quel poste occupait Rose Francine Rogombé avant d'assurer l'intérim à la présidence ?

Réponse : Présidente de la Cour Constitutionnelle.

- *Non.*

-

Réponse : Vice-présidente.

- *Non.*

Réponse : Présidente du Sénat.

- *Exact.*

15/Propositions :

- ✓ 6

✓ 5
✓ 7
✓ 4

<u>Question</u> :

Au basket-ball, combien y a-t-il de mi-temps ?

Réponse : 4.
- **Exact.**

16/Propositions :

✓ 17
✓ 13
✓ 16
✓ 18

<u>Question</u> :

Combien y a-t-il de parcs nationaux au Gabon ?

Réponse : 18.
- **Non.**

Réponse : 13.

-	*Exact.*

17/Propositions :

✓	*Le Tchad, le Congo Brazzaville, le Gabon et la Centrafrique*
✓	*Le Mali, le Benin, le Tchad et le Niger*
✓	*La RDC, la Côte d'Ivoire, le Sénégal et la Guinée Équatoriale*

<u>*Question*</u> *:*
Quels étaient les 4 pays qui composaient AEF ?

Réponse : Le Mali, le Benin, le Tchad et le Niger.
-	*Non.*

Réponse : Le Tchad, le Congo Brazzaville, le Gabon et la Centrafrique.
-	*Exact.*

18/Propositions :

✓	**Romuald Ndong Allogo**

- ✓ *Justine Mintsa*
- ✓ *Okoumba-Nkoghe*
- ✓ *Chantal Magalie Mbazogo'o*
- ✓ *Noël Bertrand Boundzanga*
- ✓ *Sylvie Ntsame*
- ✓ *Mel Vine*
- ✓ *Charline Effah*

<u>**Question**</u> :

<u>**Mon amante, la femme de mon père**</u> *est une œuvre écrite par qui ?*

Réponse : Mel vine.
-   *Non.*

Réponse : Romuald Ndong Allogo.
-   *Non.*

Réponse : Charline Effah.
-   *Non.*

Réponse : Sylvie Ntsame.
-   *Exact.*

19/Propositions :
- ✓ **1968**

- ✓ *1990*
- ✓ *1967*
- ✓ *1960*
- ✓ *1980*

<u>*Question*</u> *:*

En quelle année le président Omar Bongo ac-cède-t-il au pouvoir ?

Réponse : 1968.
- *Non.*

Réponse : 1980.
- *Non.*

Réponse : 1967.
- *Exact.*

20/Propositions :

- ✓ *P-E Obame Eyang*
- ✓ *Anthony Obame*
- ✓ *Didier Ovono*
- ✓ *Aeron Boupendza*

Question :

Quel est le nom du plus grand sportif au Gabon ?

Réponse : P-E Obame Eyang.

- *Non.*

Réponse : Aeron Boupendza.

- *Non.*

Réponse : Anthony Obame.

- *Exact.*

21/Propositions :

- ✓ *Le judo*
- ✓ *Le taekwondo*
- ✓ *La boxe*
- ✓ *Le football*

Question :

Et, quelle est la discipline pratiquée par ce dernier ?

Réponse : Le judo.

- *Non.*

Réponse : Le taekwondo.
- *Exact.*

...

Clap...

Flash et lumière intense...

Ghébala :

(Abasourdi...)

Oh ! Mais, c'est moi ! Qu'est-ce que je fais là, sur un fauteuil roulant ?

Ndungu :

C'est une simulation. J'avoue que tu as du génie. Et cet acte, bien que n'étant qu'un simple jeu de popularité à tes yeux, t'a offert des fans d'un autre genre et niveau.

L'idée était de voir la réaction des fans à l'annonce de la mise en pause du quIzz pour cause de handicap de l'animateur. C'était ce qui est appelé sur terre : « Un poisson d'avril ».

Les réactions n'ont pas tardé. De partout, les gens se sont levés contre cette façon de faire les choses. Ils voulaient leur jeu. C'était désormais le leur. Le téléphone du Buzz TV allait exploser. La ligne était saturée.

Ghébala :

Combien de temps cela a-t-il duré ?

Ndungu :

Un seul jour. Le mardi, puisque dans le contrat, ce jour était vide. Et puis, le Buzz TV recevait déjà des menaces d'incendie si le mercredi, le jeu ne reprenait pas.

Ghébala :

Dis donc ! Et, comment a-t-on géré ça alors ?

Ndungu :

En donnant simplement aux fans ce qu'ils réclamaient : leur jeu. La solution était toute simple.

Ghébala :

Et quelle a été l'attitude des sorciers tapis dans l'ombre ? Ces *vampireux.*

Ndungu :

Dans les coulisses, les sorciers préparaient un mets puant contre toi. Ils avaient dit à votre président que tu avais les ambitions de prendre sa place. Mais qu'il n'a nullement considéré…

Clap…
Flash et lumière intense…

Ghébala :

Qu'est-ce que je fais là ?

Ndungu :

Après la scène du fauteuil roulant, tu as décidé de faire un don de dix milliards au peuple pendant la fête du Travail. Tu es allé jusqu'à donner l'argent pour convenablement rebâtir plusieurs villes. Ces actions n'ont fait que renforcer l'idée du renversement du régime en place. Alors, il t'a expulsé.

Ghébala :

Quoi ! Dis-moi, mais, pourquoi la dame de Buzz TV pleure-t-elle ?

Ndungu :

Elle voit le manque à gagner de sa chaîne de télévision en ton absence.

Ghébala :

J'ai remarqué quelque chose.

Ndungu :

Quoi donc ?

Ghébala :

Que ceux qui sont avec le président ne dépassent pas neuf pouvoirs pendant que lui en a onze.

Ndungu :

(Il bouge la tête pour montrer sa joie...)
Bien observé.

Ghébala :

A-t-il la capacité de cacher ses pouvoirs ?

Ndungu :

Non, il ne le peut.

Ghébala :

Pourquoi ne m'a-t-il pas simplement tué ?

Ndungu :

Il y a des actes que l'on pose sans vraiment en être conscient. Ils l'ont pensé, mais bien trop tard.

Ghébala :

C'est quoi ces secousses ?

Ndungu :

Il est maintenant temps que je te laisse. Tiens cette enveloppe ! Mets-la dans ta poche gauche, elle te servira devant. N'oublie pas ce prénom : Sophiana.

Il te sera lui aussi utile ici au moment venu. N'oublie pas également celui que tu es, tu t'appelles *Né 241*. Ceci n'est que la première partie de ton aventure, le pire reste à venir… A bientôt !

Les secousses bousculent brutalement l'avion pour attester de son atterrissage…

Clap…

Flash.

Lumière intense et disparition de Ndungu de la tête de l'élu des élus : Né 241…

Rideau.

Table des matières

Réalisation de maquette : GNK Éditions Gabon
Tel : (+241) 066 600 380
gnkeditions.gab@gmail.com
Site : www.gnk-editions.com

ISBN papier : 978-2-37806-365-8

Imprimé par gnk.impression@gmail.com /
(+241) 077.853.540
Dépôt légal N°... du novembre 2022
3e Trimestre 2022